LOCUS

catch

catch your eyes；catch your heart；catch your mind……

catch 102
雙人床的憂傷　布雷 作品

責 任 編 輯　韓秀玫　　美術編輯：布雷　何萍萍
法 律 顧 問　全理法律事務所董安丹律師
出 版 者　大塊文化出版股份有限公司
　　　　　　台北市105南京東路四段25號11樓
讀者服務專線　080-006689　TEL：(02) 87123898　　FAX：(02) 87123897
郵 撥 帳 號　18955675　　戶名：大塊文化出版股份有限公司
電 子 信 箱　locus@locuspublishing.com　www.locuspublishing.com
總 經 銷　大和書報圖書股份有限公司
地　　　　址　台北縣五股工業區五工五路2號
電　　　　話　(02) 89902588 (代表號)　FAX：(02) 22901658
初 版 一 刷　2005年9月
定　　　　價　新台幣220元

ISBN:986-7291-64-6　CIP:855
Printed in Taiwan

雙人床的憂傷。

布雷作品

一個人的時候，

只要閉上眼睛，打開音響，

讓 Ted Rosenthal 彈彈Bill Evans

或 Bud Powell 的曲子，

在安靜地讓人窒息的夜晚，

就還有一點溫暖的感覺，

會從空氣的振動裡，傳遞出來 .... ，。

布雷的小小偏執

所謂注音符號在本書的使用中，就如同樂譜上的記號，擁有切割時間和說明情緒的作用。

一開始閱讀布雷作品的讀者會發現，有時明明是問句卻會出現句號，分號後面銜接的竟是逗號，或者逗號之後立刻跟上句號等等，於是解讀會開始變得混亂。心想好好的標點符號為什麼要這樣運用呢？其實對於布雷來說，文字傳達的是有聲的想法與情境、還有現實中的一切，例如:「仰望天空，昏黃的陽光暈染著雲的表層，突然想唱首歌給誰聽聽，下午卻寂靜的可怕。」然而標點符號所傳達的，是在文字之後的無聲的東西，所傳達的感覺。就好像兩人吵架之後的無言，雖然沒有人說話，但情緒還在，生氣還在，身體的緊繃還在。例如:「接著台上的表演者開始倒數，五、四、三、二、一，情人互相擁吻，笑鬧與歡呼的聲音不絕於耳。然後你還是沒來………，。」然後你還是沒來，沉默著（…………）然後有什麼想說（，）終於，還是不說了（。）人的情緒常是這樣，往往想說些什麼卻不知道從何說起，沉默醞釀著，然後又消失到無名之中了。至於問句之後接著句號，那是自己心中有著答案的疑問。問句接著問號，就是沒有答案的疑問。

總之我相信文字的流動就像是音樂的章節一樣，標點符號的使用法，應該是可以超越古典派的形式而來到現代派的。

閱讀此書時請聆聽以下專輯
Ted Rosenthal, The 3 B's 58:54
www.playscape-recordings.com

雙 人 床 的 憂 傷 。

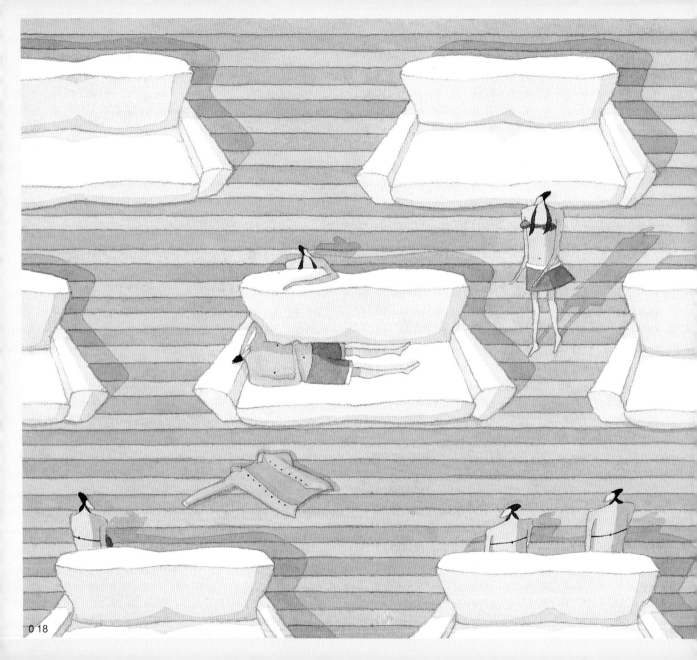

夢裡，有幾張白色沙發。

形狀詭異的雲朵飄過來，又從身邊飄走了。
貓從我身邊經過，又離開了。
空氣悶熱，呼吸開始急促，好像聽到了腳步聲，
走了幾步，又好像停了。
然後，出現了好多個妳。
摸摸我的臉頰，親親我的嘴巴，用力扯下我的襯衫和腰帶，
然後是一些讓人很害羞的畫面。很 害 羞 的 畫 面 。
正要進入重點時，卻斷斷續續像是收訊不良的螢幕，
不想醒來，卻還是醒了。

唉。
醒了。
也許對於第一天認識的我們，
就算在夢裡，這樣的感情也進展得太快太洶湧了。

寶貝下次夢到妳時動作快點好不好。

求婚 。

所謂女人的命運，真的很難說噢。

彼此互相喜歡不一定能在一起，在一起了不一定能結婚，
結了婚不一定有小孩，有小孩了也難保不會離婚，
離婚後想讓自己更美，眉毛卻因為拉皮而跑到
額頭上去了........，。

親愛的，
雖然妳現在也可以拉一拉，不過我也喜歡不拉的妳，
希望妳在這些悲劇發生之前，嫁給我吧。
「 Love U。」

無論最後妳選擇的是我還是他，
對我而言，再也不重要了。
妳選擇我既不會讓我好過，
選擇他也不會讓我的傷口，少一點點。

本來在愛情裡，每個人都會受傷，也會傷害別人，
我很明白。只是，一旦成為被選擇的對象，
我就像櫥窗裡的布偶般，
一。點。尊。嚴。都。不。剩。了。

J 說「其實只是有點好感呀。」
然而從好感出發到真的喜歡，還有一段距離噢。

主持人不敢相信他的耳朵。
現場直播的配對遊戲，三位女生都正翻天，然而男主角
卻不顧男性觀眾的嫉妒與不爽，只淡淡地回了一句，
「其實只是有點好感呀。」

其 實 只 是 有 點 好 感 呀 。
如果硬要把愛情看作是一場球賽，先告白的人先淘汰出局，
那麼到底有誰，可以順利地獲得對方的親吻呢。

主持人越想越火，「最好是你買便當都能碰到這麼正的啦。」
接著想起他年輕時，追都追不到的學妹，
氣的差點哭了出來。

海豚博物館 。

一個人的時候，我喜歡來到海豚博物館。

館內沒有音樂，沒有廣播，連觀賞者的腳步聲都沒有，
有的只是海豚隔著展示玻璃，在水裡來回穿梭，所發出
極微小的，或者只能稱為錯覺的，水流動的聲音。
然後海豚的歌聲，緩緩地在心中響起，非常小聲，
必須要非常專心才聽得到，像戴著老舊的耳機那樣，
非常接近消失的歌聲。
於是心中的憂傷會漸漸地被稀釋，被淡化了。
然後懂得原諒，懂得釋懷。

一個人的時候，我喜歡來到海豚博物館，
想念妳的時候，我喜歡來到海豚博物館。

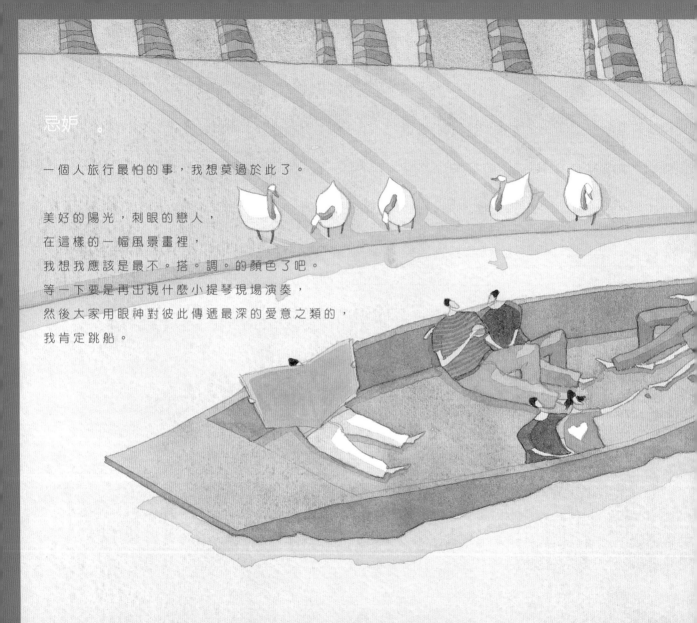

忌妒 。

一個人旅行最怕的事，我想莫過於此了。

美好的陽光，刺眼的戀人，
在這樣的一幅風景畫裡，
我想我應該是最不。搭。調。的顏色了吧。
等一下要是再出現什麼小提琴現場演奏，
然後大家用眼神對彼此傳遞最深的愛意之類的，
我肯定跳船。

一個人赤著雙腳，像踩在柔軟的兔子堆般，
小心地踏入沙中，再提起來，一步步往海與沙的交界點走去。
然後我數著自己的腳印，一共有24個，
再2步就要碰觸到海水了。
我回頭看著走過的痕跡，那像是有誰悄悄地跟在我後面，
想給我一個深深的擁抱，卻又因為害羞而瞬間
不知道消失到哪裡去了， 只留下她的腳印作為提示......，。

然而那只是幻想。
並沒有誰在這個時候，想要擁抱我，或者說，想要擁抱我的人，
並沒有好好地留下腳印。

海鷗飛過去了幾隻，
我的影子隨著孤獨，被拉得好長、好長...............，。

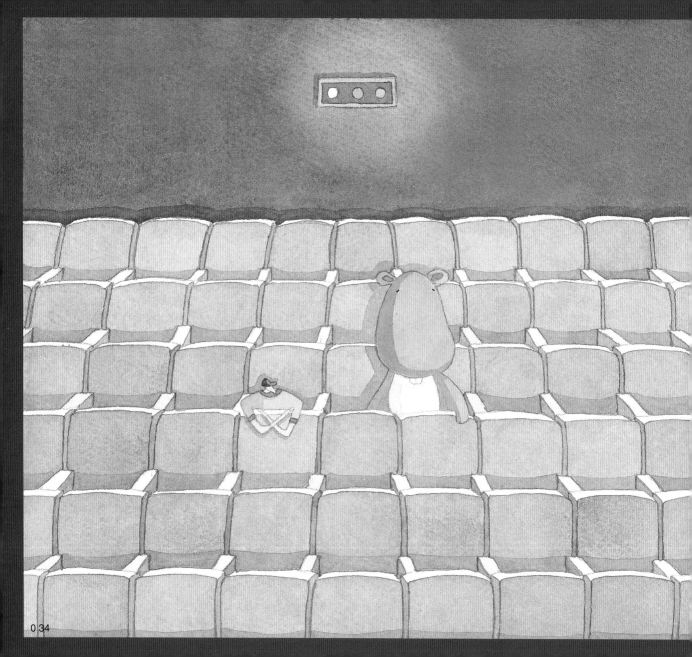

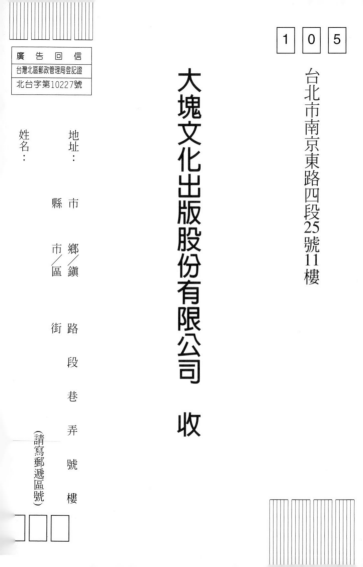

1 0 5

台北市南京東路四段25號11樓

大塊文化出版股份有限公司　收

姓名：

地址：

縣　市

市／區

鄉／鎮

街　路

段　巷

弄　號

樓

（請寫郵遞區號）

大塊
LOCUS
文化

Future · Adventure · Culture

謝謝您購買這本書！
如果您願意，請您詳細填寫本卡各欄，寄回大塊文化（免附回郵）
即可不定期收到大塊NEWS的最新出版資訊及優惠專案。

姓名：_____ **身分證字號**：_____ **性別**：□男 □女

出生日期：_____年_____月_____日 **聯絡電話**：_____

住址：_____

E-mail：_____

學歷：1.□高中及高中以下 2.□專科與大學 3.□研究所以上

職業：1.□學生 2.□資訊業 3.□工 4.□商 5.□服務業 6.□軍警公教
7.□自由業及專業 8.□其他

您所購買的書名：_____

從何處得知本書：1.□書店 2.□網路 3.□大塊電子報 4.□報紙廣告 5.□雜誌
6.□新聞報導 7.□他人推薦 8.□廣播節目 9.□其他

您以何種方式購書：1.逛書店購書 □連鎖書店 □一般書店 2.□網路購書
3.□郵局劃撥 4.□其他

您購買過我們那些書系：

1.□touch系列 2.□mark系列 3.□smile系列 4.□catch系列 5.□幾米系列
6.□from系列 7.□to系列 8.□home系列 9.□KODIKO系列 10.□ACG系列
11.□TONE系列 12.□R系列 13.□GI系列 14.□together系列 15.□其他

您對本書的評價：(請填代號 1.非常滿意 2.滿意 3.普通 4.不滿意 5.非常不滿意)

書名_____ 內容_____ 封面設計_____ 版面編排_____ 紙張質感_____

讀完本書後您覺得：

1.□非常喜歡 2.□喜歡 3.□普通 4.□不喜歡 5.□非常不喜歡

對我們的建議：_____

_____

_____

世界上再也沒有什麼是比習慣更無聲無息地形成，
又怎麼甩都甩不掉的東西了。
習慣一個人看電影，習慣一個人吃飯，
習慣一個人在雙人床上想像兩個人的擁擠，
習慣在無聲的夜晚，翻找手機裡可以說話的對象......，。

直到想起遙遠的學生時代，
認真凝視著暗戀對象的孤單，
以及願意為她付出一切的勇敢，
才發現如今自己的雙眼，
早已無法為誰，再掉下一滴眼淚了。
.....................，。

「不過，」我問，
「為別人掉眼淚，很了不起嗎？」

是很了不起呀熊說。
是很了不起呀。

獨自望著海邊時，會想起很多往事。

我想起我們都愛海的顏色，還有海風裡鹹鹹的味道。
我想起那天分手時，妳說
「我喜歡你，但我無法和你在一起了。」然後低著頭哭。
我知道這是藉口。真正的原因，我想是有人取代我了。

後來好多人都跑來告訴我，
愛情的偉大在於包容與原諒，或者你會找到更好的愛情之類的。

只是，縱使有這麼多療傷的準則，
我為什麼就是無法忘記妳呢？
為什麼明知不對的是妳，
我卻不斷想著我到底哪裡做錯了？

我想，那些成天說著大道理的人，
一定沒談過深深的戀愛，
因為他們不懂，什麼是被愛情沖昏頭的無知。

喂，我的桃花呢 。

　　那傢伙的桃花很重，我的確感受
到了。雖然這樣形容有點超現實，
不過那傢伙的桃花真的是以滾雪球的
方式，防護罩般地把他圍繞起來。
　　只要有女孩子出現的地方，桃花防護罩
會立刻發功，將我從身邊彈開。然後女孩
子就會暈暈的，迷失在粉紅桃花堆裡。

　　我很生氣，憑什麼憑什麼憑什麼？
　　大家都是一樣的制服一樣的髮型呀。
　　憑什麼憑什麼憑什麼？
「喂，我好像也有一朵在你那裡噢，還來啦。」

還好那傢伙很笨，立刻就摘一朵送我。

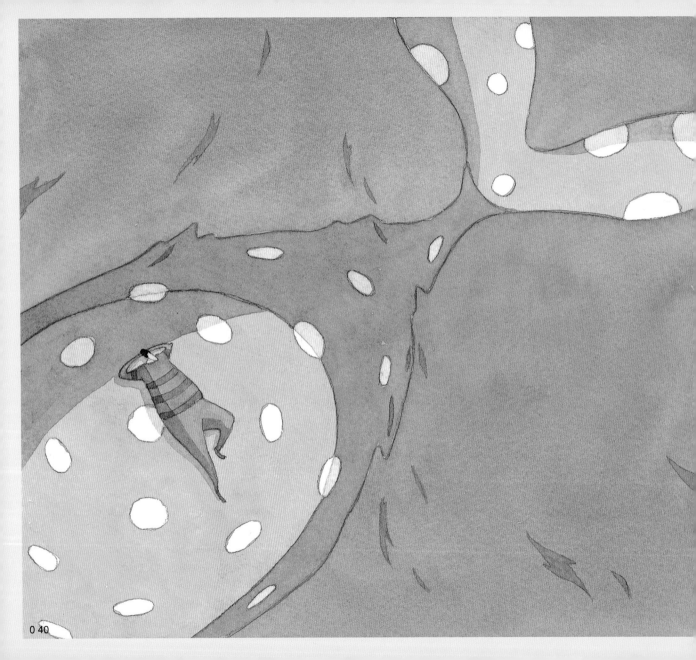

仰躺在鯨魚的背，滑向湖的另一邊，
心中無法訴說的孤單，像是被丟棄在牆角的孤兒一樣，
令人不知所措。

「也許我再也無法幸福了。」我認真地思考著，
看著遠方的同時，那薄薄的晨霧似乎遮蓋了什麼，
長時間的寂靜於是把我一個人，留在世界的這一端了。

經過幾次的戀愛幾次的分手，
我依然會受傷、會寂寞，然後了解，
人終究無法靠自己的力量，將一個人的記憶刪除，
只能靜靜地等那傷痛消失，然後再愛...............，。

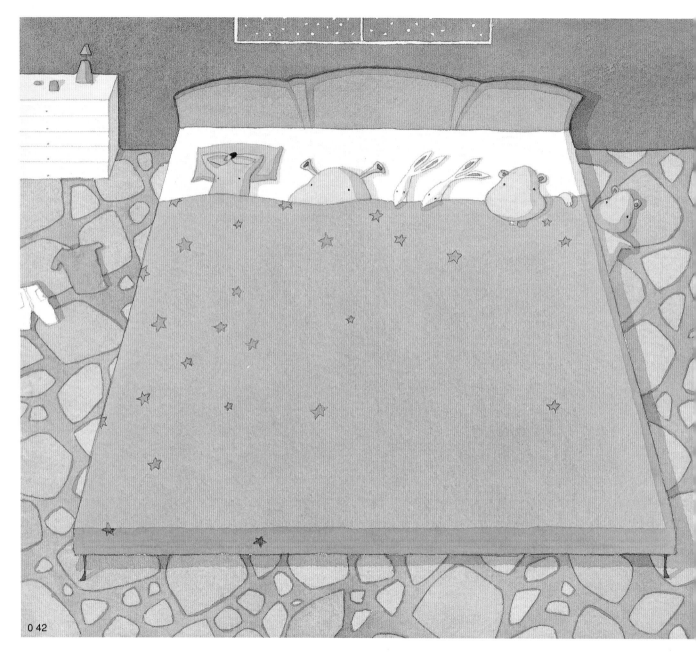

每天晚上睡覺前，我都會數人頭。

一、二、三、四、五......，。

確定了沒有人缺席，我才可以安心入眠。

而自從喜歡妳之後，一切都不一樣了噢。

我開始希望妳穿上可愛的睡衣，鑽進我的棉被裡。

我開始希望關了燈之後，還能聽聽妳的聲音，說些無聊的笑話。

我也開始希望，能一起聽著Oscar Peterson安靜的琴聲，一起睡著。

的確寂寞，是在喜歡上妳之後，才開始的噢。

每天每天都抱著孤單入睡，失去的安全感也暫時找不回來了，

那個，真的是這樣噢。

關於我的孤單，我希望妳負點責任。

一個擁抱或一個吻，我是可以勉強接受的。

. . . . ，。

把這隻貓還給妳之後，我就，

什麼，都，不剩了。

回想起，認識的那一天，

妳給了我一隻貓，希望我為妳好好照顧牠。

我答應了，然後我們相愛，擁抱，還有接吻。

為了妳和貓，接著我開始上班，在鬧區裡租了這間公寓。

很晚很靜的時候，遠方的天空可以聽見星星墜落的聲音，

妳躺在我懷裡，和貓一起聊著淡淡的話題，然後睡著。

「這就是幸福喲。」看著妳的臉的同時，我也看見了自己。

然後我決定把一切都給妳。

我的沙發我的電視我的床我的秘密我的膽小我的驕傲我的恐懼我的自尊還有我的心。

如今分手，把貓還給妳之後，我就，什麼，都，不剩了。

不過我並不怪妳。

與其說我把我所擁有的一切都給了妳，

不如說，我從來沒有真正擁有過什麼，那表面上所擁有的，

充其量只是能夠發芽的綠豆般程度的東西而已。

是，因，為，妳。讓那芽具有實質意義，能夠生長。

所以。

也許分不分手，我都是個一無所有的人，

只是曾經擁有的美好，還是讓我失去的傷，傷的更痛了。

所謂偶像劇，不過是剪接良好的人生罷了。
經過去蕪存菁之後，剩下的都是「永遠有風吹拂髮稍及臉部柔焦的女友」啦，
或是「天天生活在一起卻看不到挖鼻孔鏡頭的老婆」啦等等，詭異而毫無瑕疵。

和女朋友分手的那一晚，我剛打完球全身很臭，
臉上也長了幾顆青春痘，連她都胖了不少。街上空氣悶熱，
我企圖轉身，帥氣地挽留住她，卻摔進地上的坑洞裡。

什麼跟什麼嘛。
下一次的分手，絕對要畫面好看一點啦。
我講真的。

秘密。

喜歡她的秘密被你先說出口了，
對於這些，我只能沉默著。
的確她頭髮長長的，個性也像池塘般安靜，
電話裡聲音讓人充滿春天的幻想，風一吹來，
於是整座麥田往同一個方向傾斜般，
溫柔氣息濃厚的女孩子。

但是，喜歡她的秘密，
卻。被。你。先。說。出。口。了。
「那麼，把到時請通知一聲啦。」我試著這樣說。
「那麼，被拒絕之後，請通知一聲啦。」
我試著這樣想。

的確我是個表裡不一的竹節蟲、雙面人。
關於這點。

呵，我承認。

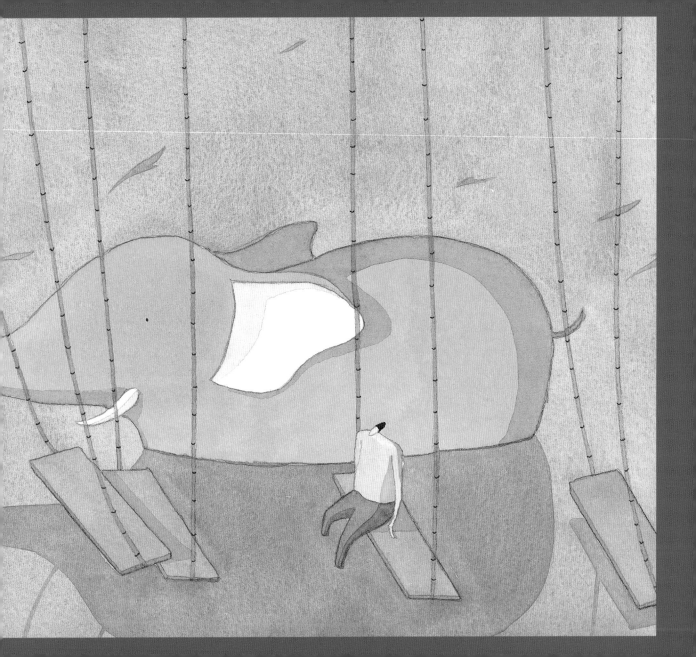

擁有一隻羊

自從有了蒐集羊的習慣，
每一個喜歡我的人，都會給我一隻羊。
「喏。送給你。生日快樂。」
「嘿。送給你。情人節快樂。」
甚至端午節我也獲得了一隻羊。

那羊其實不能說是羊，或者說，那羊只是形式，
形式所挾帶的涵義，是愛。
看著羊時，我就能夠確實地感受到，被愛的幸福。

只是在那之間，我單方面地接受愛，忘了給予，
直到有一天我再也想不起，
哪一隻羊是在什麼時候變成別人的羊，
我才可悲地發現，
我從來沒有真正擁有過誰的羊，
因為最愛的羊，是自己的。

週末的早晨又在睡夢中度過了。

打開電視，新聞裡兩個女人為了男人撕破臉，

頭髮黏在臉頰，口紅也沾到鼻子上，丟臉到家。

只是看著看著，我竟然感到生氣。

「喂。為什麼沒有人為我撕破臉呢？」我想。

關了電視，到Super Market 買了一瓶酒、鮭魚，還有布丁。

電話沒有留言，手機沒有簡訊，

同事一到周末簡直像是蒸發了一樣，連個影子也沒有。

自己做了晚餐，自己看了月亮，

想一想關於沒有人為我撕破臉的事，還是無法釋懷。

然後，美好的週末又結束了。

這麼說來，這個周末還是，沒有，艷。遇。啊。

唉。唉唉唉。

那香腸小姐呢？

不知道熟食區的香腸小姐會不會為我撕破臉............，。

躲妳躲到這般田地，我想我對妳，也夠用心了。

光是手機裡幾百通未接電話的理由，
光是每天回家路線不定期更改的藉口，
甚至是郵差總會在我家附近迷路、電子信箱打開就會中毒、
太晚回家媽媽會擔心地想哭..........，。

妳可以說我不夠喜歡妳，
但妳絕對、絕對不可以說，我的心裡沒有妳。
畢竟躲貓貓的遊戲，如果心中沒有鬼的存在，

是。很。容。易。被。抓。到。的。喲。

追求

給音樂班的學妹。

星期天的下午，突然很想念、很想念妳。

我想學那些偉大的鋼琴家，彈奏出讓妳掉眼淚的曲子，或者是
自彈自唱的創作歌手，把喜歡妳的心情寫成旋律。
不過想歸想，我什麼都不會，我只懂得三分線、射籃，
與投球而已。

如果．．．．．．．．．．。如、如果。．．．．．
如果妳肯跟我打一場球或者比腕力，我保證，
妳會發現我的優點噢。

站在街角緊縮著脖子，寒風還是從圍巾裡的縫隙鑽進來。
深夜裡我等著最後一班公車，祈禱明天老闆變成氣球，徹夜飄離這個小島。
一天裡只吃了一個麵包，我摸著肚子，
沉重的無力感像是一件雨衣，服貼在我的每一吋肌膚上........，。

然後我接到妳在北半球的電話，
妳說妳在夏威夷的海灘上，美麗的陽光美麗的海洋，
妳說妳剛剛吃了一塊義大利比薩。
妳還問我吃飽了沒，而我說謊，當然吃飽了..........，。

於是當時，我決定和妳分手。

決定和妳分手，並不是忌妒妳的義大利比薩，
而是我真的難過當我餓了，妳不能煮一碗泡麵給我吃。

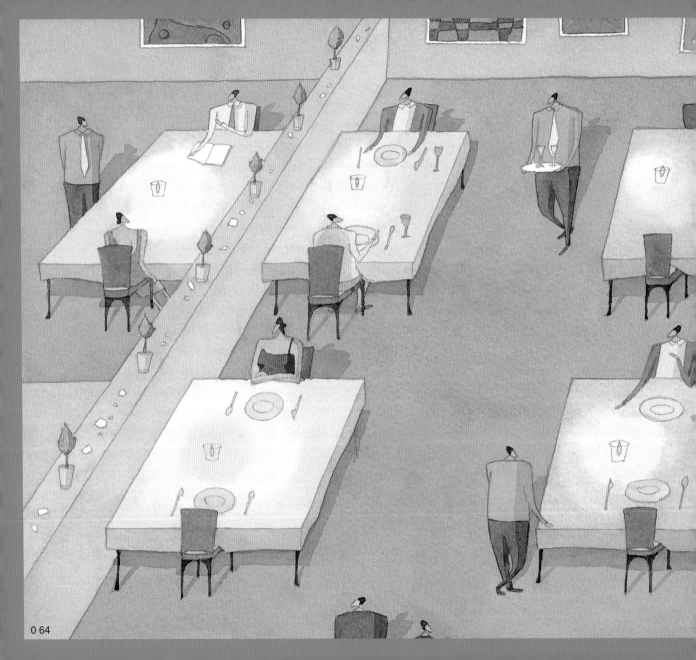

我記得上個月是情人節，
你挑了這間餐廳的這個位置，送了我一大束花。
然後我們歡笑、快樂而幸福。
當你問我有多愛你時，
我說「你知道雨男的故事嗎？」
「雨男是沙漠裡的魔法師。他天生就有呼喚雨的力量，
想要下雨的時候，那麼雨就會細細地飄下來，口渴的時候，
雨也會為他開通一條直往綠洲的路。」

「而我是雨，你是雨男。」我說。
「而妳是雨，我是雨男。」你滿意地笑著。

然後隔天你就消失了。
手機換了號碼，電子信箱被退回，連你住哪我都還不曉得。
這算是分手嗎？後來我才知道餐廳的名字「The Last Supper」，
其實是「最後的晚餐」。

我該說你浪漫，還是說你無情？
或者我該抱怨自己英文沒有學好。

貓的暗示

「喜歡上一個，只把妳當朋友的人，是什麼樣的滋味呢？」我試著問問看。

「..................，。」

「大概，像是嗅著遠方乳酪的氣味，在迷宮裡團團轉，找不到出口的貓吧。」K回答。
「明知遠方的幸福不在自己手中，卻還想讓自己多待在這死胡同裡一秒，想像著有一天
找到乳酪的快樂。」好感傷的答案，也許，K也經歷過我所經歷的事。

「那麼，我是貓，請給我乳酪。拜託。」我試著對K說說看。
風靜靜地吹過，K一臉錯愕的表情，
彷彿不知道，剛剛究竟發生什麼事了。

靜靜地躺在水中，像是一條美人魚，

波紋隨著身體的起伏，在水面上開展出抽象的線條。

我用力呼吸，將漂浮在空中的水的微粒子，

吸進身體的最深處。

然後我被擁抱著。我被水擁抱著，全身。

像是非常害怕失去妳的那種擁抱法，全身的每一吋肌膚，

都被想念、被傾聽了。

我試著想想曾經被誰這樣擁抱過，

不過想不起來。

很多事過去了就想不起來。

或者不想想起來。

例如在美麗又愚蠢的青春期，遇見的

又不美麗又非常愚蠢的你。

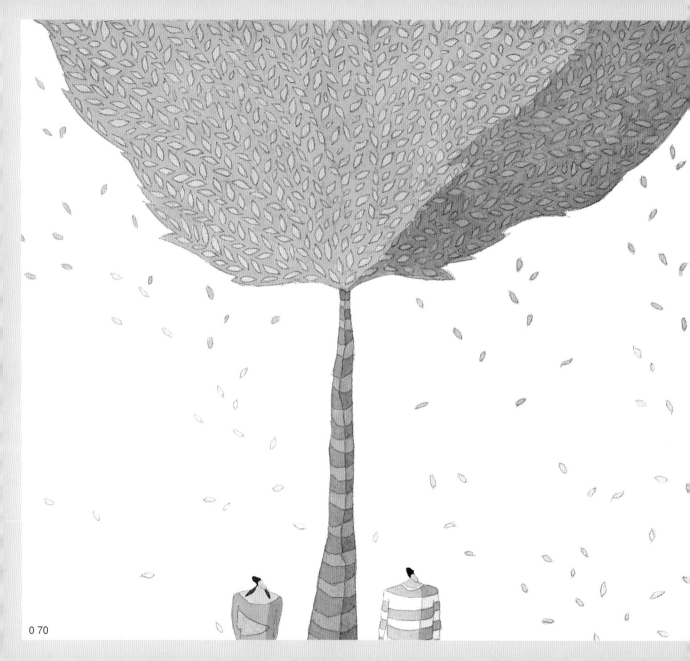

你說

「失去的悲哀，是留給曾經擁有的人。

既然什麼都沒得到，什麼就都不會失去。好險。」

關於愛情，也是這樣的噢。

如果沒有深刻地愛過一個人，幸好幸好，

你就不會嚐到失去她的痛苦。

．．．．．．．．．．．．．．．．．．．．．．，．

我無言以對，忘了你是喜歡一個人生活的。

「我想你大概不清楚，我嚐著所謂失去你的痛苦，

已經好長一段時間了。」

我對著自己呢喃，

而那無法說出口的喜歡因為太輕、太輕了，

風一吹來就立刻破裂成碎片，誰也聽不見，

那還未成形的愛情就已消失的聲音。

戀愛中毒

面對一個，和自己不同世界的人，
真的能不顧彼此的差別，盲目地喜歡對方嗎？

如果他不喜歡起司，那就不要在義大利餐館約會，
如果他不懂文學，那就寫簡單的情書給他，
如果他討厭表達自己的想法，那就別逼他說出，
到底喜歡誰的秘密⋯⋯⋯⋯，。

只是愛得越深越感到灰心，
然後在情人節即將過去的最後一刻仍然等待他的邀約，
終於發現，
自己從來不屬於他，卻也離不開他，
至於離不開自己的，
除了自己的影子，就什麼都沒有了。

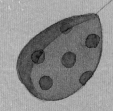

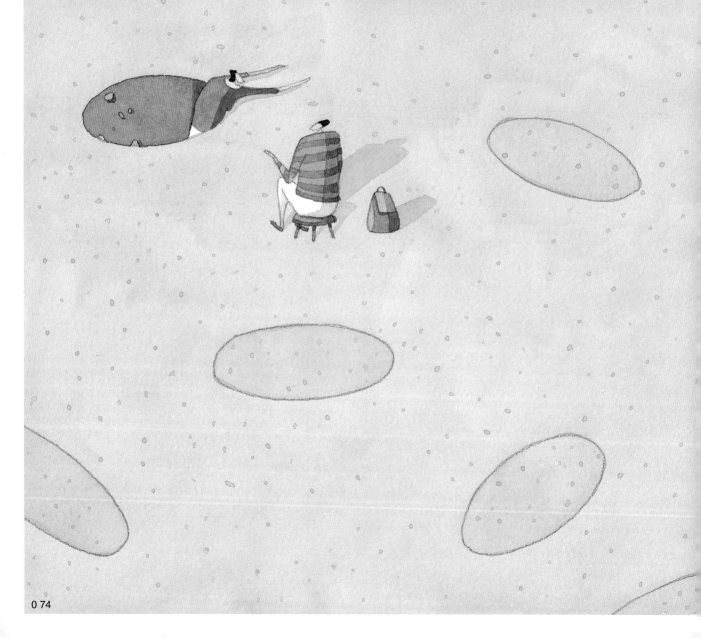

有時候受傷了，寧願沒有人知道。
如果有人知道卻不來救妳，
那只會使妳更受傷而已。

那和暗戀很像。
有時候喜歡上了，寧願他不知道。
如果他知道了卻不打算回應妳，
那也只會使妳更受傷而已。

一個人的生日

前幾天，
我寄了許許多多的禮物給自己，
生日的時候，
再一件件的從郵差手中，接過它們。

寄件人寫著J，豹子和象。
我假裝分手後你們都還記得我，在這樣的日子裡，
你們還想念我。
我驚呼著來自遠方的祝福，深深地感謝，
不然我會認真地以為，
消失的愛情，真的消失了。

．．．．．．．．．．．，。
寂寞有時真的好寂寞。

走在冬天裡，一個人。
雪像是輕得沒有重量似的眼淚，隨著風旋轉，
在飄落地面之後，就成為街景的一部分了。
那彷彿是無聲的歌舞劇，安靜的語言，描繪著安靜的故事。

只是這樣美麗的景色，竟讓我感到心痛。
想起當初我接到另一個女孩子的電話，說你已經不愛我了，
希望我能夠放棄你，成全你和她。但我不夠堅強。
那事實雖然像是刺骨的寒風般刮傷了我，但我不夠堅強，
我需要你說，你還愛我。

你可以說，那只是她的一廂情願，
你可以說，一切只是你犯了無心的過錯，
你也可以說，你還愛我你還深深地愛著我。
只要你還願意對我說謊，我就願意相信，在一起的日子裡，
我真的、真的不是傻瓜。

夜色已完全覆蓋在城市的上空，
12點一過，世界從昨天最後一刻爬到今天的第一秒，
街燈的光在地面上一路延展著，照亮了擦身的情侶，
我一個人坐在路旁，怎麼樣就是不想回家。

買了一雙鞋，一件裙子，一張唱片還有一本書，
想起早上還沒有check 過的email，今天依然只有轉寄信件吧？
然後是空蕩蕩的房間。沒有人等我的房間。
打開電燈，夜晚的玻璃窗只映照著我一個人的房間。
既然這樣，1點和1點01分回去又有什麼差別呢？
既然這樣，玩到天亮了很累了才睡，又有誰會擔心呢？
電話簿上瀏覽了一遍又一遍，就是沒有一個可以講話的人，
我閉上眼睛，隨機撥出了一支號碼，
嘟。嘟嘟嘟。也許沒有聽見鈴聲。
嘟嘟嘟嘟嘟嘟嘟嘟嘟嘟嘟嘟嘟嘟嘟嘟嘟嘟嘟嘟嘟嘟嘟嘟嘟嘟嘟嘟嘟嘟嘟嘟嘟嘟
嘟嘟嘟嘟嘟嘟嘟嘟嘟嘟嘟嘟嘟嘟嘟嘟嘟嘟嘟嘟嘟嘟嘟嘟嘟嘟嘟嘟嘟，嘟嘟，嘟，嘟，嘟。
嘟，嘟。
也許睡了。

風吹來，眼角突然好酸。
城市的角落，是誰在哭嗎？
安靜的夜晚有人在哭嗎？
夏天的尾聲我哭了嗎？
既然這樣，我牽強的微笑背後，碎成幾片或者很多很多片的眼淚，
又，有誰，會，在乎，呢…………，。

我也會愛上別人的。

給遠方的 K

你說你愛我，我相信。

即使我必須從每天每天的電子郵件裡，

想像你說這句話時的表情。

你好嗎你真的好嗎？

你愛我嗎你真的愛我嗎？

你還說，我需要什麼你都會給我。

那，我現在寂寞得需要有人唱歌給我聽，

誰知道隔壁的男生，一開口就唱了。

如何能用正確的語言表達對你的喜歡呢？

在躲雨的騎樓裡，我們陷入了短暫的安靜。

「好久不見噢。最近好嗎？」你問。

「好啊。像被漆成白色的大提琴一樣好。」我說。

「嗯？」

我沉默著，怔怔地看著天空，不知道大提琴是不是也這樣覺得，

如果不是我就糗大了。

其實。

我只是想傳達我的想念而已，

然而從大提琴到對你的想念，還是需要巨大的想像力的，

我知道。

這時候如果有翻譯米糕就好了喲。

當我說「好啊。像被漆成白色的大提琴一樣好。」

那意思就是「我。很。想。念。你。呀。」

如果能這樣，就太好了．．．．．．．．．．．，。

「所謂公園的存在精神，是公園本身，還是樹木呢？」
他們走在剛下過雨的路上，春天的氣味從樹木的水氣間滲透出來，
在離開他之前，她想確定一些什麼。

「公園的存在精神當然是公園呀。」他說。
然而他答錯了。
公園本身只是符號，樹木才是精神，
沒有樹木的公園，那只是空有象徵性的名詞罷了。

而愛情，也只是符號。
如果沒有了她，愛情對他來說依然成立，
那麼，其實他並不是真的愛她。

於是她決定和他分手，因為這麼重要的問題，
他竟然答錯了。

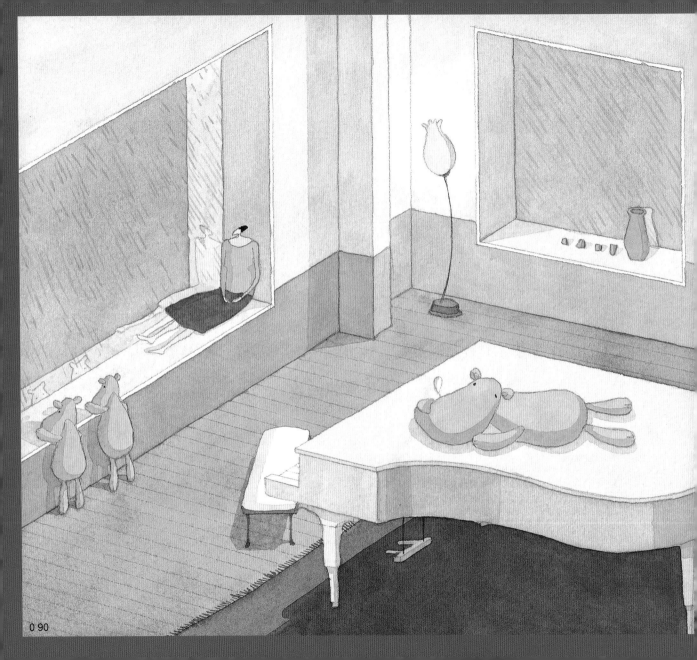

打開琴蓋，在泛黃的白鍵上抹去一層灰，
空蕩蕩的屋子裡什麼都沒有，我一個人閱讀過去，
接著窗外，就下起雨來了。

寂寞是美麗的嗎？
被愛是幸福的嗎？
為什麼當我這麼自由，卻開始懷念起，被愛情束縛住的日子呢？
「也許我還是，比想像中脆弱吧。」我想。

眼淚無聲地滴在樂譜上，
那整個下午的憂傷，悶悶地堆積在胸口，
順著血液到達指尖，在按下琴鍵的那一刻，
都化成解不開的旋律了。

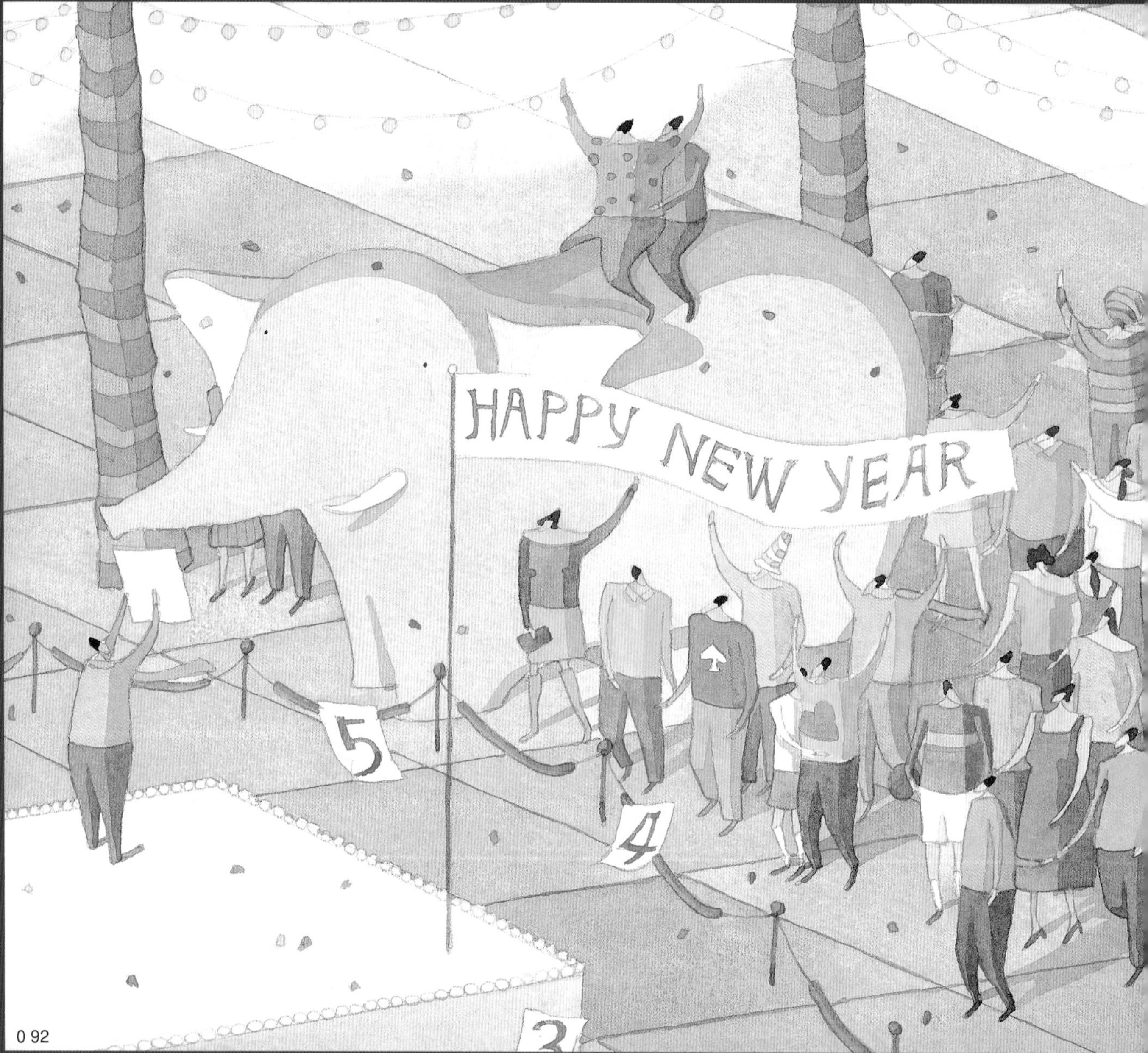
HAPPY NEW YEAR
5
4
3

。 想像幸福

再過十分鐘，即將又要橫跨過一年了。

親愛的，
我想你大概在塞車的途中，一邊焦慮地抽著菸。
或者發現了一家美麗的花店，你想買花送我。
又或者這十分鐘，電話線要乘載著太多人的祝福，
所以我的手機始終保持著沉默。
接著台上的表演者開始倒數，五、四、三、二、一，
情人互相擁吻，笑鬧與歡呼的聲音不絕於耳。
然後你還是沒來⋯⋯⋯⋯，。

你知道嗎？
當你終於不在我的身邊，
我一面想像你遲到害羞的表情一面傻傻地笑著原諒你，
這樣的幸福，
有時候比真正地擁有你，還要真實一點。

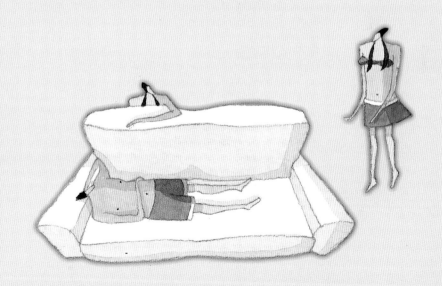

她回想起當初愛他的理由，原來非常地愚蠢。

因為他和她同一天出生，名字唸起來也還算順耳，再加上他養了一隻吉娃娃，
感覺非常地需要兩個人一起照顧。
所以有一次他認真地希望和她交往，她就答應了。

今天是他的生日，他們並肩坐在公園的椅子上，無話可說。
她發現自己根本不愛他，於是她回想起當初愛他的理由，原來非常地愚蠢。

在靜靜的黑暗中，什麼都看不清楚，
只有路燈把她的寂寞，照得好亮好亮。

泅泳 。

泅泳在思念的池水裡，
終於我也變得這麼狼狽與不堪。

雖然知道總有分手的一天，
長久之間眷戀著對你的依賴，還是讓我感到脆弱與害怕，
因為我知道，笑容只會讓眼淚更明顯地存在著。
愛究竟是什麼呢？
思念的出口在哪裡呢？

我好想記得，
失去你之後的我，好長的一段時間裡，
什麼時候，曾經我也有過幸福呢。

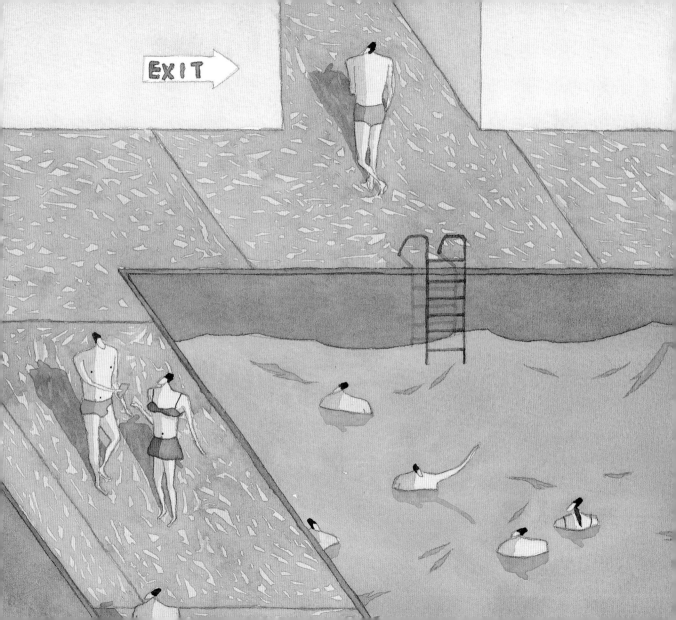

仰望天空，昏黃的陽光暈染著雲的表層，
突然想唱首歌給誰聽聽，下午卻寂靜的可怕。
沒有人。
身邊，一個人，都，沒有。

真的，好寂寞啊。
像是作了惡夢，被石頭絆倒，
然後順著作用力一路滑到深深的地心一般，
沒有救的寂寞。
然而對於一個習慣寂寞的人，
要沉澱多少的傷，才願意將這兩個字，坦白呢？

真的，不想再，一個人，吃，燭光晚餐，看，愛情電影，
說笑話，給，自己，聽，然後。
掉眼淚。

真的累了。

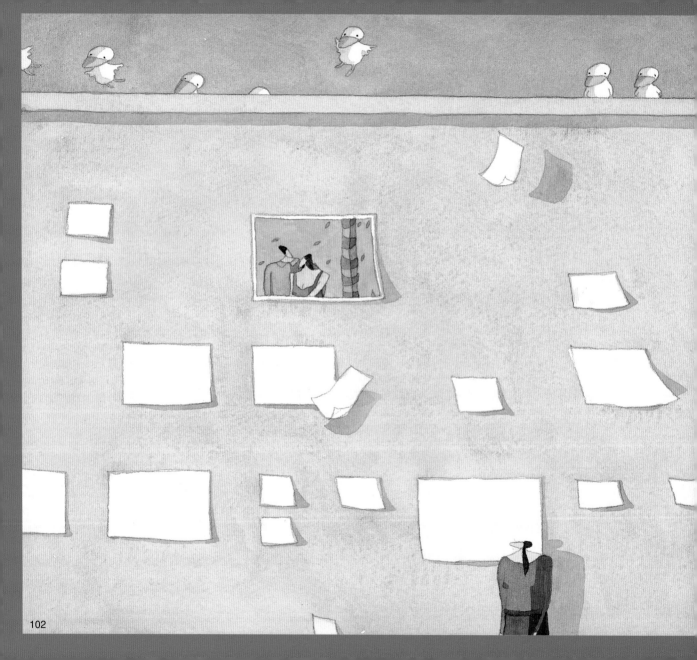

「只是,那又怎麼樣呢?」我無力地問著自己。

捨不得丟的合照,記錄著熱戀時,陽光的溫度,戀人的幸福。
分手之後,那微笑竟然像是別人的微笑一樣,那麼不真實。
我承認還在乎著你。只是,那又怎麼樣呢。
故事從交往開始,到分手結束,
曾經給你的喜歡與愛,當然存在著,只是,過去了,
也,空白了。

然而當我想起你的親吻,和你吻我時,放在頸間的手掌,
忍不住,還是輕輕地哭了。

難得能在這樣美麗的地方旅行，
妳卻將相機丟給我，請我為妳和Ｋ，拍下紀念的照片。
「嘿。要將我們拍得幸福一點噢。」
然後極其自然地把手放在Ｋ的腰上。

我想妳並不知道，
Ｋ向我說過他一點都不喜歡太過主動的女生喲。
然而看著妳天真地對Ｋ示好，我還是，
為我們感到可笑。

是的。我為我們兩個感到可笑。
可笑的是無論妳如何努力也得不到Ｋ，
可笑的是我在照相的同時，
竟然也忌妒起那雙手來。

「我照相時左邊的人通常都會落入陰影的先跟妳說清楚。」

乾枯的下午撥了電話給你，
只是。
只是在按下撥出鍵之後，我的想念像是變成了無意義的亂碼般，
無法有秩序地，傳到你的話筒裡。
「請在嗶一聲之後，錄下你的留言。」

然後我將手機晾在空中，風以45度角從遠方吹來，順著手機被切割成兩個平面，
風的聲音於是像木瓜籽般，一顆顆露了出來，又被吸進語音信箱裡。
咻咻。咻咻咻。　咻。
　　　　　　　　　咻　。
　　　　　。　　　　　　。。

　。　　　　　　　咻
　。。　　　　咻
　　。

那是風的歌聲呀。
那是遠方的我，在陌生的樹林裡，為你錄下的風的歌聲呀。
．．．．．．．．．．．．．．．．．．．．．，。

還記得我嗎．．．．．．．．．．，說真的。

雙人床的憂傷不是憂傷，
只是一個人睡，
真的，有一點點，
太，一個人了…………，。

在寫完這本書的最後一個月，春天已經來了。

那一個月裡我在華盛頓廣場發呆，常常一坐就是一個下午。
經常是這樣的情形。一本書和一杯starbucks咖啡，手臂上刺著凌亂而無意義的中國字的
紐約青年，粉紅色的櫻花樹，毛髮整齊而家教良好的米格魯，和廣場中央說著過時笑話
的街頭藝人。
春天的風很乾爽，和煦的陽光也適度地鋪展在我的肩膀上，小說裡的男主角正陷入人生
的困境，好像找不太到出口的樣子，想想我也忍不住替他擔心起來………，。

「喂。也許哪裡還藏著另一把鑰匙噢。」我認真地思考著。

然後遠方的吉他手以像在描述歲月流逝般的嗓音哼著 Don't smoke in bed。
那讓我想起Nina Simone。
於是我也跟著輕輕哼，哼著哼著好像空氣都要變得更輕盈了似的，身體裡的節奏呼應著
時間滑行的速度，我低頭看著地面上自己的影子，感到真不可思議。

「總之這本書是寫有關寂寞的東西噢。具體上來說。」
我一邊哼著一邊想，到底是誰在什麼樣的狀態下會那樣突然感到孤零零的呢？例如和一
個言談空洞的人在美術館約會，聽暗戀的對象訴說他最近對誰有特別的好感，或者，想
要表達的關心最後都被對方扭曲成難以理解的誤會⋯⋯，。然後這本書就以這樣的架構，
細細地說著每一個故事。而每一個故事都以它的精神存在於本書中，那屬於我的，也有
可能是屬於你的；我感受到的，你也可能感受到了。因為寂寞是一攤開手掌就捕捉得
到、像棉花上的綠豆一樣容易發芽的東西呀。

書完成後想到哪裡的海邊走走，聞聞海風的味道，拿著吉他，
唱唱高中時代喜歡的歌。

因為夏天又要來了。